A MON ÉLÈVE

GEOFFROI D'ANDIGNÉ

En écrivant ces pages, j'ai voulu, mon doux GEOFFROI, m'unir à votre excellent Père pour graver bien avant dans votre cœur un souvenir qui durera plus longtemps et qui l'inspirera mieux que mes leçons.

F. M.

SEGRÉ,

IMPRIMERIE DE VALENTIN GERARD.

—

1867.

A MON ÉLÈVE

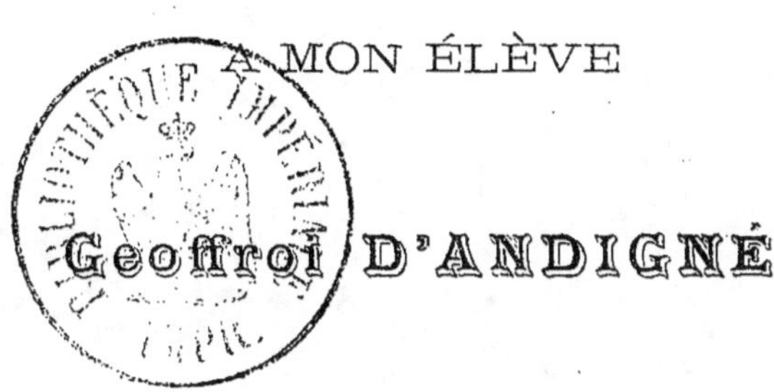

Geoffroi D'ANDIGNÉ

En écrivant ces pages, j'ai voulu, mon doux GEOFFROI, m'unir à votre excellent Père pour graver bien avant dans votrre cœur un souvenir qui durera plus longtemps et qui l'inspirera mieux que mes leçons.

F. M.

SEGRÉ,

IMPRIMERIE DE VALENTIN GERARD.

1867.

Souvent, songeant à vous, mon inquiet amour
Se demande tout bas : que sera-t-il un jour ?
Gardera-t-il au front cette charmante chose
Qui se nomme candeur et que Dieu seul y pose ?
Sera-t-il bon, loyal, le type de l'honneur,
Distingué par l'esprit, surtout roi par le cœur ?

Aux jours où nous vivons, beaucoup d'âmes bien nées
D'un souffle corrupteur meurent empoisonnées.
Ah ! si jamais son cœur tristement combattu
Se sentait en péril de trahir la vertu,
Pour épargner aux siens d'intarissables larmes
Qu'il regarde son nom, ses aïeux et ses Armes !
Ce nom a la blancheur et la beauté du lis,
Et peut-être est-il moins un drapeau dont les plis
Répandent sur le monde un grand éclat de gloire,
Qu'une suave fleur exhalant dans l'histoire
A travers huit cents ans qui n'ont pu l'altérer
Le parfum de l'honneur si doux à respirer !
Que l'héritier d'un nom qu'une cause sacrée
Aux lieux où le pied suit une trace adorée
Jadis fit accourir et qui dit à la fois :
Fidèle à la patrie, à Dieu comme à ses rois,
En soutienne l'éclat; qu'il l'estime et qu'il l'aime
Plus que tous les trésors et plus que le jour même.
A qui porte un grand nom il faut un cœur pareil,
Loyal, tendre, vaillant, pur comme le soleil !
L'Aigle ne connaît point de région vulgaire :

Comme ce roi des airs planant dans la lumière,
Qu'il habite toujours ces glorieux sommets
Que le mal et l'erreur ne profanent jamais,
Où librement ouvert aux clartés éternelles
Le cœur s'éprend et vit de beautés immortelles !
Oui, j'en ai le superbe et radieux espoir,
Cet enfant tiendra haut le drapeau du devoir :
Tous ceux que la vertu d'un feu secret enflamme
Se sentiront charmés, attirés par son âme.
Fuyant des vains plaisirs les attraits dangereux
Il mettra son bonheur à faire des heureux.
Les plus souffrants auront ses plus tendres carresses ;
Sa main, sans les compter, répandra les largesses,
Et le peuple, payant ses bienfaits de retour,
Couronnera son front de respect et d'amour !
La foule, avec ivresse, accueillant son passage
Regardera longtemps son noble et doux visage ;
Ses traits rappelleront des traits non moins chéris
Et l'on verra pleurer bien des cœurs attendris !

O vous dont l'avenir occupe ma tendresse ,

Faut-il vous dire, enfant, pourquoi tant de tristesse
Comme se mêle au jour l'ombre chaste du soir
Se mêlera longtemps au bonheur de vous voir ?
Il est des souvenirs si sacrés que l'on n'ose
Y toucher : l'amour seul à côté d'eux repose ,
Et son œil éploré qui ne s'endort jamais
Les garde, loin du bruit, dans l'ombre et dans la paix !
N'importe : la vertu que l'on montre à la terre
Ne saurait exhaler qu'un parfum salutaire ;
Je vais parler : ma voix déjà tremble d'émoi ;
Votre cœur sur le mien, enfant, écoutez-moi :

Sous le ciel de l'Anjou, six ans passés à peine,
Vivait une charmante et jeune châtelaine.
La voir, c'était l'aimer ; colombe par le cœur
Elle en avait la grâce et l'exquise douceur.
Le peuple était ravi de son abord affable ;
Dans les fêtes des Grands c'était la plus aimable !
Sans rechercher, sans fuir ces plaisirs innocents
A qui veut s'y garder de l'ivresse des sens,
Quand elle y paraissait, son air noble et modeste

Donnait à sa personne un attrait tout céleste !
L'étoile qui se lève au milieu de l'azur
Y brille d'un éclat moins suave et moins pur !
Pour tous ceux qu'affligeait le poids de la misère
Elle était une amie, une sœur, une mère !
Ils trouvaient beaux ses dons, resplendissant son or,
Mais son sourire aimant leur plaisait mieux encor !
Pour relever les cœurs brisés par la souffrance
Elle disait un mot d'immortelle espérance,
Un mot qu'ils écoutaient dans un recueillement
Mêlé de sainte joie et d'attendrissement ;
Car l'accent inspiré de cette voix bénie
Etait plein d'onction, énivrant d'harmonie.
Sa parole pourtant était simple et sans art !
On croyait voir le ciel au fond de son regard,
Tant rayonnait limpide et sereine la flamme
Que mettait dans ses yeux la beauté de son âme !
Elle ne bornait pas sa tendre charité
A secourir le pauvre à la porte arrêté :
Les mendiants qui vont de village en village
Ne sont pas toujours ceux qui souffrent davantage.

Leur aspect et leur voix provoquent la pitié,
Et qui n'a qu'une obole en donne la moitié :
Il est des malheureux qui d'une noble aisance
Un jour se sont trouvés réduits à l'indigence !
Leur toit triste et muet respire un air de deuil ;
A peine si leur pied ose en franchir le seuil ,
Et rien n'égale hélas ! leur misère profonde
Que les efforts qu'ils font pour la cacher au monde.
Leur foyer est sans flamme et leur table sans pain,
Mais ils mourraient plutôt que de tendre la main !
Ceux-là surtout étaient l'objet de sa tendresse ;
Un admirable instinct lui disait leur détresse :
Une parole, un geste à ses yeux révélait
L'abîme de douleur que la pudeur voilait ;
Et ces infortunés, souvent à l'heure même
Où leur cœur défaillant dans une angoisse extrême
Jetait au ciel un cri presque désespéré,
Voyaient briller près d'eux le secours imploré !
Il semblait qu'entouré de l'ombre du mystère
Un Ange répandait ces bienfaits sur la terre !
Quel en était l'auteur ? Longtemps on l'ignora ;

A la fin toutefois le secret transpira,

Et la reconnaissance aussi douce que vraie

Nommait dans tous les cœurs l'Ange de la Blanchaye !

Celle que la contrée appelait de ce nom,

Recherchée au dehors, chérie à sa maison

Où chacun admirait sa grâce souveraine,

Coulait des jours plus beaux que les jours d'une reine.

Cependant par moments une plaie en secret

Attristait son esprit vaguement inquiet.

Cette plaie, — ô mon Dieu, qui l'eût cru ? cette plaie

C'était tout ce bonheur ! « oh ! mon bonheur m'effraie, »

Disait-elle à son tendre et dévoué pasteur.

« Malgré moi, mon cœur tremble et craint quelque malheur !

« Tout sourit à mes vœux ! vous savez combien m'aime

« Mon FORTUNÉ qui vit plus en moi qu'en lui-même !

« Il met toute sa joie à combler mes désirs ,

« Et compte par les miens ses jours et ses plaisirs.

« MARGUERITE est charmante et ressemble à son père ;

« Mon doux GEOFFROI, dit-on, a les traits de sa mère :

« Son nom seul m'attendrit et lorsque je le vois ,

« Quand mon oreille entend le timbre de sa voix,

« Sa parole et ses traits ont pour moi tant de charmes

« Que mon âme s'émeut jusqu'à verser des larmes !

« Dès que mon cœur aima, j'aimai les malheureux ;

« J'ai pour les soulager de l'or tant que je veux :

« Grâce au ciel qui de joie et d'amour les parfume

« Mes jours coulent exempts d'une ombre d'amertume !

« Ne vous semble-t-il pas que c'est trop de bonheur !

« Oui, malgré moi, je tremble et crains quelque malheur !

La femme dont la voix de larmes embellie

Exhalait ces accents pleins de mélancolie,

Qui se plaignait, voyant du calice d'autrui

Déborder la douleur, la tristesse et l'ennui,

De n'avoir dans le sien pas une goutte amère,

Enfant, je l'ai nommée — elle était votre mère !

Et la contrée entière en m'écoutant dirait :

« Nous le reconnaissons, c'est bien là son portrait, »

Ou plutôt on dirait : « oh ! non, ce n'est pas elle !

Son image gravée en nos cœurs est plus belle !

A la peindre à nos yeux il s'étudie en vain :

Chaque trait ou s'efface ou pâlit sous sa main.

A son accent ému nous sentons bien qu'il l'aime,

Mais aussi qu'il ne l'a jamais vue elle-même ;
Il aurait fait entendre un cri plus désolé :
S'il l'avait mieux connue, il en eût mieux parlé !
Nous-mêmes, il est vrai, nous ne saurions redire
Combien de ses vertus était charmant l'empire.
Partout on proclamait que personne jamais
N'avait sur le pays versé tant de bienfaits ;
Que personne surtout ne savait les répandre
Avec autant de grâce, un amour aussi tendre !
Quand elle prodiguait son or aux malheureux,
On sentait dans sa voix, son maintien et ses yeux
Ce pieux intérêt qui touche et fait qu'on aime
La main d'où vient le don plus que le don lui-même!
Dans les pauvres hameaux, chaque maison, le soir
A l'heure de prier, se faisait un devoir
De lui payer, de mettre aux lèvres de l'enfance,
Un doux tribut d'amour et de reconnaissance,
Et c'est ainsi qu'à peine orné de la raison
L'enfant savait bénir ses vertus et son nom !
Les riches à qui rien ne manque dans la vie
Echappent rarement à la dent de l'envie :

Jamais ce noir poison n'entra dans notre cœur ;

Nous étions au contraire heureux de son bonheur :

Une peine causée à cette âme si chère,

Nous aurait tous atteints, blessés à la paupière.

Nous aussi, nous vivions plus en elle qu'en nous !

Hélas ! nous l'aimions trop ; le Ciel en fut jaloux :

Il nous la prit, couvrant d'un voile de tristesse

La maison qu'habitait cette aimable maîtresse,

Tous les châteaux voisins et surtout les hameaux

Où partout éclataient les pleurs et les sanglots !

L'enfant dont le sourire et la grâce expansive

Sous le charme déjà tiennent l'âme captive,

Dont les mots sont plus doux que les plus doux concerts,

Dont la raison naissante a parfois des éclairs ,

Avait à peine ouvert les yeux à la lumière

Que la main de la mort fermait ceux de sa mère !

Personne ne dira l'incomparable deuil

Où fut plongé celui dont elle était l'orgueil !

Depuis l'heure où le ciel lui ravit tant de charmes

Ses yeux n'ont pas cessé de répandre des larmes.

Ce grand cœur est resté touché du même amour ;

Il la pleure aujourd'hui tout comme au premier jour! »
Enfant, — car je finis, dans mon âme oppressée
Comme un cyprès gémit et tremble ma pensée ;
Vous voyez de mes yeux des pleurs aussi couler
Et plus longtemps hélas ! je ne saurais parler. —
Le Dieu qui dans sa gloire a fixé votre Mère
Avait voulu sans doute en faire sur la terre
Un flambeau dont l'éclat mystérieux et doux
Rappelât sa tendresse et sa bonté pour nous !
Votre Père dont l'âme et si pure et si belle
A les même vertus ; il était digne d'elle :
Plein de grâce, d'honneur, et sans tache comme eux
Vous serez, mon enfant, digne de tous les deux !

Château de la Blanchaye près Segré.
5 mai 1867.

Segré, imp. de Valentin GERARD.

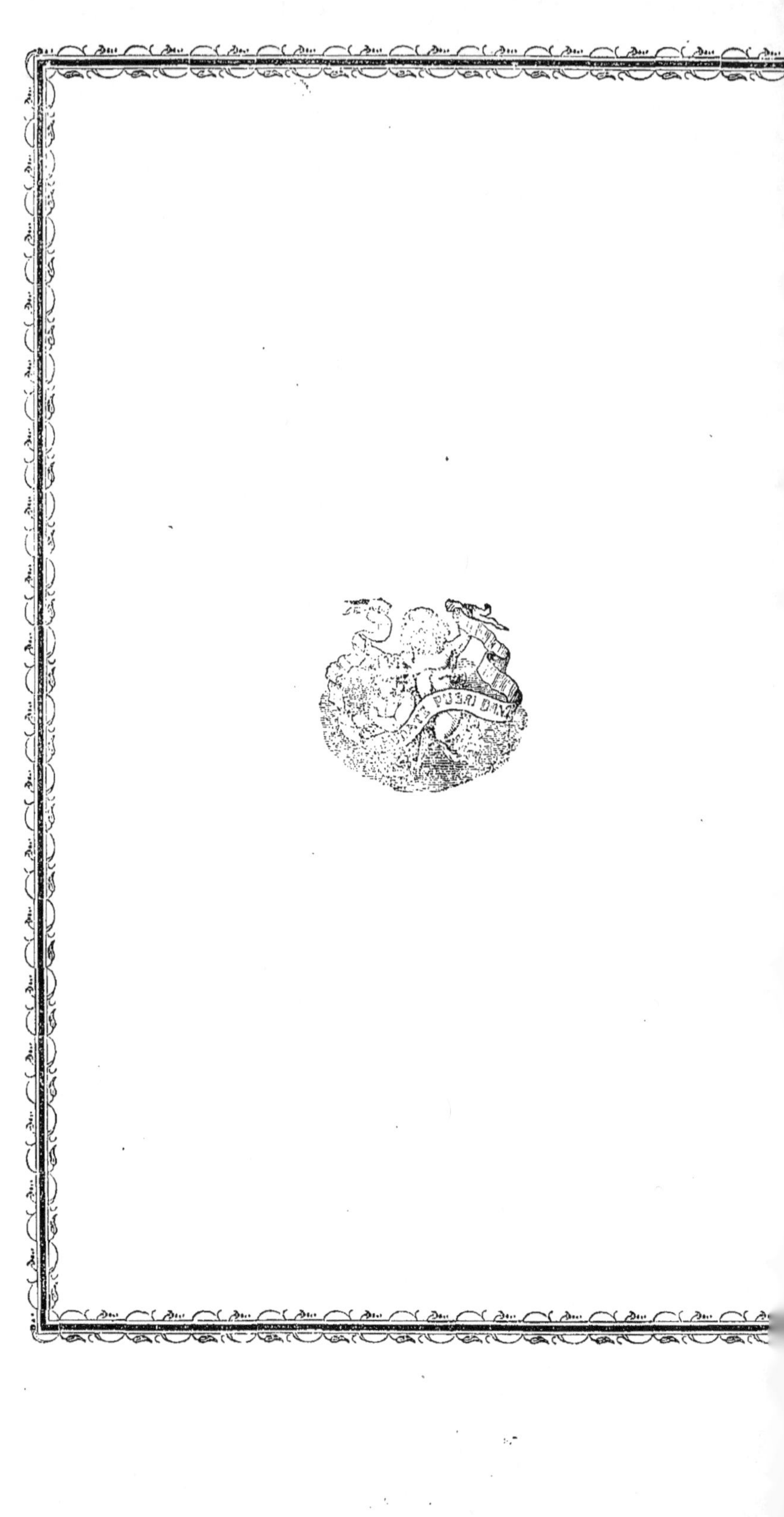